句集

ひこばえ

Yoshiizumi Shuhou

吉泉守峰

文學の森

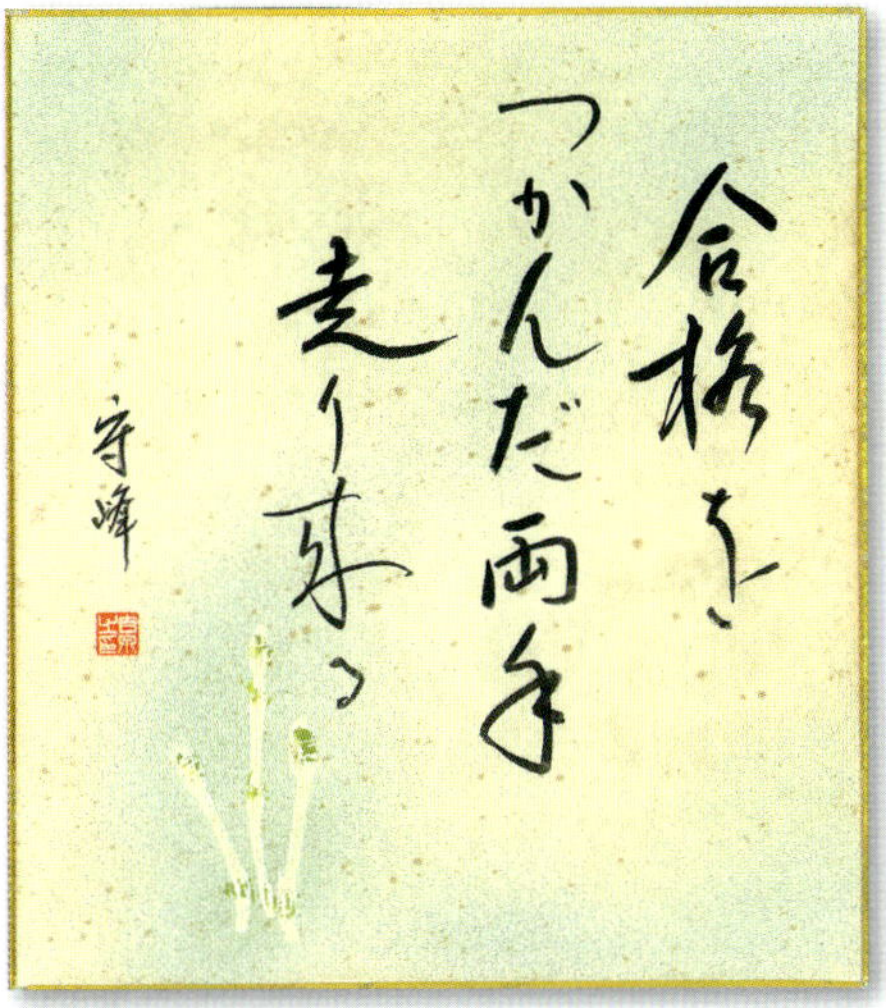

合格をつかんだ両手走り来る　守峰

第25回全国学芸コンクール
俳句部門1席受賞楯

蘗が好きで今年も訪ひ登るダムの上なる桂の名所

句集　ひこばえ◇目次

題簽・装画　著者
装丁　宿南　勇

句集　ひこばえ

残り香

平成十六年

母永眠以後

母の死と義母の命日と亡き父の二十五回忌同時に来るとは

処女作の自費出版四百着荷せり六十年間の入選句集

浅蜊売り訛り違へど鄙ことば

緊張が宿湯の蝶にほぐれけり

竹の皮脱ぎかけてふと思案顔

鬼子母神拝み木苺土産とす

夜の窓の守宮無芸にあらざりき

生け捕りの蝮焼酎瓶の中

代田澄み空の広さを包み込む

天を突く深山鉄塔草刈女

十薬の花のいとしさまで干しぬ

天辺に来て新しき雲の峰

訪問に道を知りたる道をしへ

母の忌を過ぎ早や秋の癌告知

癌告知既に知り居し妻の秋

焼くだけで妻を労ふ秋茄子

釜で炊き竹椀に盛る栗御強

銀杏散る北枝と散らぬ南枝あり

水澄みて川の稜線見つけたり

石垣の苧麻《からむし》風に真つ白く

凩を広げる海の広さかな

日向ぼこふと関節の啜り泣く

ペンギンのごとく双子のチャンチャンコ

暖冬といへど列島雪の屋根
雪が吹く北満零下四十度
あたたかき雪降る里はありがたき

雪積もる投函のなき赤ポスト

予兆

平成十七年

癌の旅

気掛りな病中妻を海の幸隠岐漁火が癒やしくれたり

旅といふ旅終へ妻は悔なしと癌の芽を焼くはや四回目

元旦やペットも刈らせ正装す

御降《おさがり》の優しく頬を撫でにけり

控へめの垂水に初日優しかり

杖一歩一歩句づくり明の春

初風呂に洗ひ流せり去年《こぞ》の悔

駆け抜ける雪解水のかろやかさ

白魚の驚く柚子のしぼり汁

猫の恋憚るものはなかりけり

恋にやせ帰り来し三毛膝の上

下萌や昔は畑といふところ

彼岸来て一周忌来て母が来る

はや回忌桜ふくらみ母が来る

本坊に人詣らせて花誇る

三界に家あり媼花の中

落花舞ひ塔の水煙巻き上ぐる

初蝶や風の軽さを授かりて

さげもんの小面愛しみなうらら

茶摘み機を休ませ手摘みするゆとり

一山を滝と流れて山の藤

蝮蛇草いまだ鎌首幼かり

ダリアの芽今目立つことなかりけり

三県の春の名水病む妻に

介添の定期便なり春の泥

御祝の墨書に新樹明りかな

不格好な枝は隠して柿若葉

母の日に退院できぬ妻が居る

明け易きことも諾《うべな》ひ夜の手術

田植待つ山村留学生の初夜

親子らし掛けし蜘蛛の囲相似形

絵柄良きハンカチ裏で汗を拭く

羅を着せ襟直す母心

炎帝が仕向けし刺客熊ん蟬

抜け殻になきがら並び蟬終はる

朝顔の蕾が覗く書院窓

獺祭忌七十年の野球スト

体育の日の徒《か》ち鴉整列す

苦は楽の渋は甘みと柿の戒

掛け干しが旨いと団地稲穂干す

癌の旅異国《とつくに》巡る秋深し

カテーテル癌のゴミ出す妻の秋

どんこ舟しぐれ潜航艇のごと

出逢橋舟くぐらせてしぐれけり

実を採ればこと足る寺の枯蓮《はちす》

翔ちかけてまたふりかへる親子鴨

断崖《きりぎし》を覆ひて揺れず雪垂水

凍え猿自販機のホットを押しに来る

冬入日幼の指の指すところ

売り買ひにマスクの並ぶ歳の市

寒紅梅おしんの芯の強きこと

茶毘

平成十八年

妻他界

だしぬけに白雨襲ひし真夏日の三日続きて妻は逝きけり

吐血して心肺蘇生の妻なれど余命を示す波状線ゼロ

凍滝の眩し離れてなほ眩し

雪世界占めて天突く行者杉

軒氷柱夜は光のラブコール

朝まだき若菜の摘める妻となり

羽織着せ妻入念に屠蘇を注ぐ

当籤す出さず終ひの年賀状

大雪や千両の赤派手ならず

遠野の火阿蘇の涅槃の香華かな

泰然と眠りより覚め山笑ふ

声に出せばウスウスかとも山笑ふ

山笑ふ謎めく渓に迷ひ込み

目の遣り場なくて足湯のあたたかさ

春光や処女航海の水尾を追ふ

天と地と出会ふ境界桜線

山頂の花冷え風が鳴いてをり

奥の院花の虚子忌はかくあらむ

妻と来て花日本一香嵐渓

天窓の空青き画布花満つる

軍神の散華偲ばゆ散る桜

四月馬鹿過ぎて本気に桜散る

阿蘇の湯に祝《ほ》がれ満ち足る古稀の春

若葉風阿蘇の五岳を吹き上ぐる

田水張る広さ広ごり逆さ山

空を乗せ山を浮かばせ水田かな

原色の主かも知れず青蛙

万緑に住み風の客水の客

草矢打つ児は憂ひなし空青し

川土手の篠の子折れて誰もゐず

紫蘇の葉の風に応へて裏表

孑孑《ぼうふら》に浮き世の縮図教へられ

昼の蚊に親指小指刺されたり

和を信じ生き来て不動青嵐

座敷まで居座つてゐる梅雨前線

退院の妻を起こすな男梅雨

夕顔や人待つ刻をそよと揺れ

旅疲れ夕顔待つてゐてくれし

春夏を入退院の繰り返し

点滴や窓より来たり青田風

万緑や万象の彩吸ひ込めり

干梅の五百羅漢のごとき皺

登り来て余花の一本《ひともと》昼餉の座

新医術すべて試せり夏の妻

落し文固き封には掟あり

五〇二号の人へ便りと落し文

腹水を満タンにして汗の妻

臨月の娘の夏妻も腹膨《み》ちて

幾本の管につながれ夏の妻

〔逝きし妻〕

吐血してそのまま逝きし妻の夏

旅行にもありがたうの声夏に逝く

八月の霊安室の妻の掌よ

枕経くもの囲白く弛みゐて

弔問の場外に延び夏葬儀

出棺の喪服に黄蝶しがみつく

命焼く焔《ほむら》に届け蟬の声

妻の翳夏日烈しく肌を焼く

燈明の揺るる遺影や虫しげし

妻の逝く浄土はるけき雲の峰

読経澄み遺影に映る百日紅

妻の訃に早や駆け来たる秋あかね

夏なれば去年《こぞ》の母追ひ逝きし妻

初七日は長崎被爆妻逝けり

病人でないと夏路を逝きし妻

ひまはりの妻を亡き妻とは言はじ

厄日過ぎ満中陰過ぎ秋に入る

死期までは待たず逝きけり白露来る

病む妻の十年日記夏真白

コスモスに亡き妻の声風の音

卒塔婆の白さ百日紅の揺れ

◇

柿たわわたわわに残りみな熟す

霧晴れて視界に古き眼鏡橋

澄むやうに激《たぎ》るやうにも虫の声

立ち話括らぬ萩もまた良けれ

穂芒の靡く光が風を呼ぶ

無花果に語りかけたき遺影とも

追憶の一つとなれり烏瓜

秋天へ湯煙の芸自在なり

秋雨に柳並木の揺れもせず

吟行やみな爽やかな風連れて

秋霖に浮くゴルフ場別天地

一村の晴れて一膳零余子飯

文化祭パッチワークに生きし妻

刈り田早や土の匂ひを運び来る

縁談の縁側に咲き菊膾

帰り花思ひ思ひに名付けらる

日向ぼこひとり残れど日向ぼこ

侘助や母逝きてまた妻逝きて

山茶花や妻の口紅淡かりき

山茶花の「さ」は豆粒の蕾たち

小春日を喪中ハガキの続きけり

侘助の侘しからざる花の数

限度まで膨るるつもり競りの河豚

香華

平成十九年

母・妻の周忌

亡き妻の「宝の箱」の底に棲み今出で来たる娘等の臍の緒

癌痛の大波小波に耐へて来し「病人じゃない」の妻の九年

年礼や独り身が言ふ独り言

独り居はのど飴二つ雪を待つ

折鶴に命与へて寒の水

花ならば今水仙を推薦す

水仙を活けて少女となる媼

御鏡のかけら焼きをり独り膳

鍬始土の匂ひを吸うて鋤く

人の世の明暗悟り福寿草

亡き妻にお元気でせうと賀状来る

臘梅の溶けて春の季目覚めけり

それなりに調和してをり梅曇り

山頂に見ゆる限りの春つかむ

のどけしや山の牧場をわが家とし
背の低き馬より霞立つごとく
ポニー濡れ柔毛《にこげ》色増す春の雨

テレビ塔山頂に上げ緑かな

峰と峰引き合ふごとく若葉萌ゆ

心まで均《なら》しくれたり芝桜

茶摘み山妻恋ひ唄の途絶えけり

新緑の迫り来る色生きる色

雨上がり緑の密度濃かりけり

亡き妻に母の日の花贈りけり

年金で精一杯の更衣

風吹けば風に光れる袋蜘蛛

田植終へ選ぶ明日の旅衣

豊作の玉葱軒をひとり占め

青嵐草千里越え火口まで

釈尊の五岳明るし風薫る

蛍追ふ子を追ひかける蛍かな

沖縄忌教科書の夏問はれけり

独り言もらし続けて梅雨一と日

亡き妻の供養に梅雨のひとり旅

買ひたきもの買ひて暑さを忘れけり

廃校の石垣苧麻《ちよま》の花盛り

河童忌や短篇に耽け雨上がる

友去りて店で出会ひしサングラス

ポンペイの遺跡を日傘殿《しんがり》に

大瓶のビール並べて滝見席

積乱雲男岩女岩をひとまたぎ

花笠にねぶた竿燈暑を忘る

白桃やビーナスのごと尻美し

一周忌カンナ群れ立ち燃えて咲け

亡き妻も渡りて来たり天の川

遺されて初盆に知る一人かな

鳳仙花平和の華として弾く

独り身の気楽な天下秋天下

独り身に一部屋だけの秋灯《ともし》

九重の吊橋の谿水澄めり

大吊橋曇天なれど秋の景
三滝を隠し隠さず谷紅葉
谿の冷え大吊橋がまた冷やす

人揺れて吊橋揺れて滝揺るる

心搏を昂《たか》めて渡る紅葉橋

一隅に紅葉見せたる大吊橋

残り柿捥ぎ竿の残されしまま
稲架解かれ子供の世界広がれり
コンバイン刈り終へ山の音となる

一枚の丘一枚の稲田刈る

秋天下天下取りたる果樹園王

ユートピア湖畔の秋の果樹の里

大無花果耳なし芳一の琵琶かとも

パンの耳ばかり食べをり冬に入る

何はとも霜月の蚊のいと憎し

山茶花や風を集めて花散らす

山茶花や余生少なき妻なりき

「偽」の年を嘆くか落葉裏返り

嬌声をはねかへしけり凍月夜

着ぶくれてテレビ体操まならず

供　養

平成二十年

亡くししもの

二年《ふたとせ》の間《ま》に母亡くし妻逝きぬ庭に二本の白曼珠沙華

同数の七人家族の金魚達一尾となれり吾も今独り

「偽」は捨てて暁天新た年新た

光線が稜線を生む初日影

思ひ出は満座のころの年酒の座

箸もない妻が御降《おさがり》見つめ居り

尖るもの雪の布団に鎮まれり

国道に迷彩服と干大根

福引や似てそれぞれに興のあり

女雪てふ降る雪のなかりしか

立志持て立て立春の丘に立て

立春や畦の草の芽背比べ

野地蔵の膝を草の芽春立ちぬ

声もなく梅の解《ほど》けて春に入る

青邨の句碑一つあり辛夷落つ

啓蟄が打診してをり新世界

啓蟄と幼しばしの会話かな

まんさくの黄万作のごと豊か

昇開橋上げて船航き春動く

里を守り花守りもして杣に棲む

安らぎも孤独も花に華やぎて

作詞せる校歌唄はれ春の宴

濡れ縁の濡れ初め蛙鳴き始む

楊貴妃も小町も花に生《あ》れ変り

五連休家居も愉し目借時

茶摘みにも動かざる人動く人

飴一つ舐めて茶摘みの句が一つ

蘖《ひこばえ》の囲む親株神木てふ

通院の道一つなり春いくつ

逢瀬路に話聴きをり罌粟の花

泥んこの児童の声や田植祭

水に映ゆ逆さ田植機忙しかり

陶枕に移り香残る抱き枕

宿浴衣とは受け流すやうに着る

夕立風嬰も攫うていくつもり

植ゑ方の様変りたる田植かな

かたつむりブロック塀に停まりけり

脱ぎ方に作法のありぬ蛇の衣

由布岳を掌に載せ風薫る

残業や蟻が机の端走る

心太突く木製の器具に興

心太突くてんつくに佇ち止まり

三年忌遺されて夏痩せもせず

敗戦といふ終戦でありにけり

叔父七人皆帰還せり終戦忌

汝恋ふや白曼珠沙華色淡し

月の句を指折り作る園児かな

鬼灯《ほおずき》の青が一気に朱となれり

芋の葉の露ころがれり世の流転

日の注ぐ秀野の句碑に秋澄めり

「桜濃く」秀野の秋の大きさよ

条幅のハゼの雄々しき秋座敷

秋うらら水琴窟のしじまかな

水琴の中に住むなら鉦叩

水琴窟秋句の庭にリズムとる

菩提子を一つ拾ひて句にならず

鎮西上人守り菩提子生を継ぐ

京天井秋の灯窓に京の影

釘隠し秋茄子匿し旧家守る

石庭の円き紋様秋日差し

椿の実やたら旅情をかき立つる

白壁や水のごとくに秋流る

さげもんの毬柔らかし肌寒し

香嵐渓廻り尽くせず朱に染まる

思ひ出が焚火に妻の古日記

桃太郎出るか白菜真つ二つ

大枯野子等の世界は吾の校歌

三年忌終へたり独り晦日蕎麦

ありし日の夫婦茶椀の冬ざるる

懐 思

平成二十一年

旅ひとり

三年忌遺影の妻に報告す皿四枚割り火傷二回と

「ただ今」が届かぬ玄関「おはよう」の応へなき居間独り居となれり

御降《おさがり》を受けて列島格差なし

金杯を遺影に向けて屠蘇を受く

独り居を癒やすは愉し嫁が君

煮凝りの肴の目玉透き通る

テロップのオバマニュースに冬停まる

梅早し紅白すべて空に浮く

深山かな人目を忍ぶ隠れ梅

凍返る旧き機関車古りにけり

阿蘇五岳焼きつくすかに野火速し

春泥が晴らしてくれし憂き心

春光も鞄に詰めてひとり旅

春の精世界遺産の森に棲む

花満つる川上に座す猫尾城
昔日の思ひを継ぐや城桜
吟行に来て花衣ほしげなり

城を守り空に浮かびし花の雲

花びらの落ちぬ盛りといふ桜

花心酔はせてあとの花篝り

触れみれば幹冷ややかな桜あり

散り急ぐ心鎮めや花の雨

山と山引き合うてをり遠桜

花の塵根雪のごとく溜りけり

水辺にもまなざしほしき花筏

吟行の空賑やかに花乱舞

木の芽して全山衣装新調す

集落に子供の居ないこどもの日

白薔薇の日暮の色に染まりけり

薔薇の香を纏ひ裸婦像立ちませり

著莪の白人目避けても煌めけり

山法師蹲《つくばい》に白活かしけり

施工なき八重山列島春生きる

由《ゆ》布《ぶ》島の水牛のどか海渡る

若枝に金の蛹の由《ゆ》布《ぶ》の蝶

マングローブ川平《かびら》の海の水清し

懇ろに手土産持ちて女梅雨

晶子読み梅雨の一と日を熱く生く

その色の雨の欲しかり八仙花

初生りのトマトを絵にも写真にも

仰むけに死んだふりして金亀子

雨止まぬ日は亡き妻の籐寝椅子

肩書の取れ独り身の旅薄暑

感情のおもむくままに雲の峰

入道雲今し得意な早変り

紅蓮の和菓子のごとく咲きにけり

落し文とは雅びにて不気味なる

旅帰り鉢の夕顔綻ばず

灸《やいと》花消すには弱き畑の風

横丁といふ名のゆかし牽牛花

敗戦忌冷奴の椀冷たかり

縁側に亡き妻のゐる秋麗《うらら》

独り居と仏の妻の夜長かな

至福かな栗の渋皮煮の旨し

菩提子を二つ拾ひて句が三つ

オホーツクへ宗谷岬の南風《はえ》が発つ

北限やスコトン岬の草の絮

最北の湖面に紅葉逆さ富士

紅葉酒大雪山のリフト揺れ

稲穂波ここ百選の棚田なる

折れ稲穂あり折れさうな稲穂あり

棚田見る石のベンチの爽やかさ

掛け干しと穂波の並ぶ棚田かな

天心へ棚田重ねて彼岸花

棚田熟れ吟行人を欺かず

初紅葉乗せて絵皿の薄光り

薄紅葉山の病院癒しをり

破《や》れ芭蕉復員兵のごと立てり

驚かせ喜ばせくれ帰り花

庭の黄をすべて集めて石蕗の花

焚火にも子等の縄張りあるごとく

雪被る無人駅舎の孤独かな

人情も売つて安値の年の市

年の市燗熱くして植木売る

一億の声響かせて除夜の鐘

追憶

平成二十二年

独り住まい

北満は生まれ故郷よセピア色の写真を自分史のカットに選ぶ

軽トラが先導となり尾を伸ばす縞蛇は国道を30キロで行く

独り身の背中《せな》の寂しき初詣

独り居に亡妻の座のなき初炬燵

雪の中早や喜寿来たり独り屠蘇

八百年樟の濡れ立つ淑気かな

音だけで新春を祝《ほ》ぐ嫁が君

すきま風隙間と言へぬほど烈し

ひと目惚れさせて千両雪の中

寒鴉自販機押して逃げにけり

切り通し「また来《こ》んの」とあり枯葎

雪化粧地表一杯剝がれゆく

新市成る早や立春に先駆けて

春寒や白き項《うなじ》に魅せられし

曲水のごとく雪解の水光る
下萌の岸を広げて大河行く
木々の根に雪解の精の染みゆけり

わが生《あ》れし国より来たる黄砂かな

「一握の砂」百年の立春《はる》に読む

オブジェなす木々の春の芽清楚なる

あたたかといふ独り居の至福かな

大の字に寝て草萌の鼓動聴く

染みあれど古き雛のあたたかさ

花の影詩情見せゐる歩道石
散る桜追うて童となりにけり
三角に縁取られ咲く芝桜

芝桜日がな見とれてをりにけり

対岸の花に架け橋瀬白波

取水船祀られてあり桜散る

寧らぎは舟形ベンチに春の風

家居には母の教へし韮餃子

国道に藤のカーテン藤祭

翠巒に生きる若葉の品位かな

白蓮の歌碑洗ひけり若葉風

万緑や光る女のペンダント

独り居に火点す一と間夕若葉

亡き妻の声さがしをり芥子揺るる

峡に入る深さ若葉の深さかな

諦めも嘆きも梅雨の居候

亡き妻の遺影に日差し梅雨晴れ間

手間かけて梅雨前線国渡る

男梅雨鉄砲水を撃ちまくる

頬杖は誰を偲ぶか女梅雨

梅雨籠生命線を撫でてみる

梅雨果てて溜り水みな月の影

かくれ宿より出で来たり恋蛍

恋蛍三角関係ありやなし

蛍見はみな肩車する習ひ

十薬の白十字架や花祭

蝕まれ八重くちなしの強さかな

デパートの店員浴衣で水を打つ

炎帝の暴政もあとひと辛抱

河童忌や夢で河童と橋渡る

不気味やな雷雲のキス迫る
ブブゼラを蛸が占ふW杯
歌袋自慢げに鳴く蟇《ひきがえる》

くすぐられ笑ふ皮膚なき百日紅

焼くでなく焦がすでもなき夏長し

畑焼けて揚羽の翅の重たさよ

日傘行く二人の国を一つにし

つゆ草の命短き受粉かな

長き夜の長き落語の名の長き

野に伏せて台風をやりすごすなり

芋の葉の露の小揺れや空揺るる

女蟷螂尾を交へつつ夫喰らふ

亡骸のなき鈴虫の声偲ぶ

穂芒の靡く速さを風が追ふ

両の掌で知る石人の爽やかさ

菊咲かすことを妻への供養とし

桔梗とは帰郷に適ふ里地蔵

秋水や番の鳥の佳き旅路

西行の月の歌ほど月詠まむ

黄南天観音堂のガードマン

子規の食ふ柿ばかりなり過疎の寺

母も貼り妻も貼りたる障子貼る

まだ死ねぬ枯蟷螂の面構へ

ダム底の遺跡を見せて薄落葉

水草の緑確かな落葉池

独り居の一枚布団広く干す

一途とは陰日向なき石蕗の黄

庭の色すべて集めて石蕗の花

木枯しや孤の木鶏になりゐたし

柊の淡き香りや妻偲ぶ

高良路ゆ冬野に光る筑後川

県境雪電燭の家二つ

迷彩服乗せてトラック枯野行く

立ち読みの村の書店に冬日濃し

独り居もあまた族《やから》も晦日蕎麦

傷心

平成二十三年

東日本大震災

段ボールに父母の名を書き男児ひとり余震の中に瓦礫を歩く

女梅雨続く独り居の食後にはボタン付け終へゴム紐通す

教へ子の名優となり初暦

枯木にも命点して雪初日

奥八女や大雪なれば雪女

臘梅に仏心見ゆる瞳のありぬ

一行の手書き文欲し年賀状

雪の中スカイツリーの伸び続く

冬悲劇睫毛の露の凍るごと

箱根路の襷《たすき》力の年始かな

どんど焼き老若男女一重の輪

抱擁の影凍月の溶けるまで
凍月は詠み手読み手の同心円
子宮まで届く寒波の襲ふてふ

オカリナの姿して鳴く寒雀

ハングル語華やぐ雪の露天風呂

寒紅の濃きセールスの長話

凍滝のひとつの風に煌めけり

空《から》谷に小雪一筋野猿跳ぶ

水仙の香り束ねて訪ひゐたり

侘助の遅きに咲けばなほ侘し

雪崩とは雪の焔《ほむら》と想ひけり

割れ捨てし輪島の椀に忘れ雪

梅林を渡る世間に鬼はなし

可憐とは花不運なる犬ふぐり

三姉妹親となりたり雛納め

喜寿の春詮なし家を継ぐ子なし

春一番いつそ原発持つて行け

8の字に刃を研ぐ癖や水温む

〔東日本大震災〕

呆然と東北地《な》震《い》に佇ちつくす

地震の地に涙して散れ花吹雪

春寒し棺に注ぐ地震の土

雪混ぜて瓦礫の中のランドセル

瓦礫中合掌救助隊の汗

かな文字で父母を探す子地震寒し

雪雲が津波の災地また襲ふ

放射能に濡れて寒中犬一頭

あたたかや義援物資のへリで着く

葱坊主震災の空突き上ぐる

卒業式余震と葬儀の間を縫って

地震の空復興めざし鯉躍る

萍《うきぐさ》のごと避難村残されし

墓石も瓦礫の中の盆参り

◇

身の丈の草抜き終へず夕の畑

野の草も災禍怖《おそ》るる梅雨入《ついり》かな

日焼けして本音語らぬ男前

ひもすがら畑に働き日焼けせず

雲低く揺らぎ重たきハンモック

炎帝が最短距離を射す日差し

梅雨明けしこと退院をする如く

曝書する噴き出す汗を拭ひつつ

半夏生毒あると思はざり

旅の中ひとり待つ身の半夏生

雑草の強さ欲しかり夏の風邪

鵜飼とて大花火とて哀しけれ
しづしづとしらじらとなり夜の秋
見飽かざる守宮の芸や技能賞

盆近し母と妻恋ふひとり膳

妻の忌は白雨続きや霊来たる

星月夜点でなくまた面でなく

死角なき富良野花園の霧晴るる

衣被茶菓子代りと出す山家

唐黍の皮三つ編みに結びけり

つれなくも鈴生りの柿落つる柿
鉦叩探せば鐘の鎮まれり
秋の空空なき空と言ふべけれ

秋天はしがらみのなき時空かな

独り居の縁に月よし雲もなし

立ち話聞かぬふりして萩揺るる

虚栗《みなしぐり》いぢめられたる毬の中

躓きを笑ひ躓き秋の雨

空の中コスモスの中一人旅

雲高き高圧線の電工夫

林泉に頸交へ寝る鴛鴦睦まし

着ぶくれてショーウインドーに映し見る

一粒が一粒を追ふ雪の舞
哀調を捨て切れぬまま冬日落つ
轟音も微音もありぬ冬の滝

廃屋

平成二十四年

九州北部豪雨罹災

母亡くし妻が逝きたる独り居に濁流襲ひ家半壊す

すべて無と言へど己が生きてをり骨だけの家に骨だけの吾

栗箸を削り揃へて雑煮膳

左義長に神通力の音色あり

風神に任せきつたるどんど焼き

寒晴に叫べば谺帰りさう

立春や龍の立つ夢叶へなむ

立春を立志ととらへ受験生

眼鏡橋春立つ川の粧へり

春兆しいつもの道の光るなり

枯れつつも挿木の菊の芽立ちかな

樹に触れて芽立ちの強さ確かむる

春泥を連れて走れり遅刻生

山の際《ま》の遠き木末《こぬれ》も木の芽晴

生きる地のあれば菜の花咲き誇り

両岸に相似形なる花見の座

雨男花見三日の晴れ続き

早生りの小梅あわてて落ちにけり

濡れ燕餌を濡らさず巣に戻る

囀りを地蔵菩薩の聴き給ふ

篳篥《ひちりき》の藤の園より響き来る

宵の藤雪洞点し雅楽聴く

宵の藤とは幽玄の極みかな

海冷やし山あたためて風薫る

罌粟坊主風に身振ひしてをりぬ

苔を食み色佳きがゆゑ香魚てふ

黒南風に窓開け放ち憂さ払ふ

表情も個性も隠れ木下闇

母の日の母なく妻なく一輪草

近づけば滝の音のみや静かなる
妻の忌を迎ふる初夏の眩しさよ

〔九州北部豪雨――罹災の詩〕

虎が雨ひねもす降りて橋洗ふ

ナイアガラ瀑布のごとき男梅雨

全山の茶も家も浮く梅雨の川

梅雨暴れでんぐり返すわが家かな

渦巻いてわが家を壊す男梅雨

濁流に逆巻く家具や狂ひ梅雨

梅雨の魔に誘拐されて消えし家具

山を割り国道を断つ暴れ梅雨

九〇センチの鯉流れ来て梅雨に死す

男梅雨暴れ泥沼に家遺る

家の骨残すのみなり夏出水

常住の家半壊す夏出水

ボランティアに命あづけし梅雨罹災

笑む顔はどこへ失せしか水禍の家

梅雨しげき避難所へへリ着陸す
広辞苑泥中にあり梅雨災禍
家具壊滅汗とたたかふボランティア

ボランティア瓦礫掻き出す四十七士

山茶花も石南花も槙も梅雨に消ゆ

歌帖句帖水魔攫《さら》ひて渦の中

梅雨の渦「諷詠」五百呑み込めり

大黒柱呆然と立ち梅雨季果つ

柱のみ遺るわが家や出水あと

過去すべて無となりにけり梅雨明くる

インタビュー受けてわが家の梅雨災禍

暴れ梅雨独り居をなほ独り身にす

復旧てふ不眠不休の夏三十日《みそか》

梅雨の泥タオル二百を泥にせり

妻の忌は家壊されて盛夏中

原爆忌黙禱しつつ根太《ねだ》に座す

釘根太に滑り血を噴く梅雨の脛《すね》

夕焼に水禍のわが家終戦忌

八月を新暦として生き行かむ

青柿を二つ残して梅雨瓦礫

水禍家へ娘の嫁ぎ先より通勤す

梅雨災禍何の奢りもなきものを
汗に濡れ涙に濡れし見舞状
梅雨魔去る亡妻の遺影が見届けし

炎天下復興の声静かなり

わが家では梅雨禍じまひとしたきもの

梅雨禍明け掌の薄皮の黒く剝げ

復興の支援車続く秋暑し

メダル最多せめて水禍の労りに

梅雨禍中《なか》遺影三つに見守られ

祭りとは別世界なり梅雨禍跡

短夜を水禍の整理に当て続く

罹災家の瓦礫に草の繁茂する

激励か水禍の土砂に芋育つ

梅雨明けて川底岸辺を低くする

秋出水絶縁状を受けとめよ

梅雨禍明け茶の間を寝所へ模様替へ

水禍過ぐ春より高きブロック塀

家半壊されど住みたき残暑かな

朝顔の咲く水禍あと紺ばかり

村捨てぬ教へ子の居て秋高し

彼岸花山を崩して咲きにけり

泥洗ふ三ヶ月目や秋暑し

水澄んでそしらぬ顔の暴れ川

青嶺に一と流れあり葛の白

七年忌越してまた去《い》く妻の夏

励まされ百日過ぎぬ涼新た

思ひ出す秋の風鈴鳴るたびに

身に入むや夏の出水の出る話

秋中天うそいつはりのない世界

虚栗《みなしぐり》肥りし栗に挟まりて

畳来て風の涼しき秋に入る

水禍の句したたむ間にも湧き出でて

朝涼や土砂に咲く花名を知らず

骨の家負けるなわれも痩せ枯木

取材され二百を超しぬ梅雨禍の句

明日も咲け瓦礫に生えし牽牛花

敗荷《やれはす》に水禍偲ぶや小糠雨

水害に動きし山も眠りけり

◇

雲が行き風が往き来て涼が来る

山峡に月高く鷺低く飛ぶ

祝《ほ》ぎごとも天災もなく倖の秋

今宵月母妻も見る良夜かな

討ち入りの夜の雪のごと銀杏散る

キャラクターここにも並べ畦案山子

秋思ありちびたエンピツ肥後守

落葉駆け人を離れて人を恋ふ

零さざる涙を踏めり初時雨

日本海冬のシテ役波の花

梅雨の季に荒れし鬼神も冬ごもり

萌　芽

平成二十五年

水害復旧

今もまだ小砂噴き出す床の縁で罹災や短詩の取材が続く

せせらぎの音の帰りし山峡に半壊のわが家なれど住みたし

被災地も笑顔の集ひ明の春

初日影仮設住人遥拝す

母国語を大切にして大旦

復旧の家を見守る月凍てし

独り屠蘇未だ復旧に追はれゐて

初明り静かなる日の暴れ川

悴《やつ》れ咳月の光に吸ひこまる

寒星を宙にちりばめ枯木佇つ

コンテスト斑見せ合ふ寒雀

寒夕焼峡の媼の仏顔

臘梅の透き間を貫ける雲一つ

臘梅の雨はさだかに見えずなり

しづしづと沁み入る白きしづり雪

独り居の椅子の軋みや寒鴉

寒猿は手話もて愛を伝へけり

寒卵黄身と白身の格差知る

早春賦心音で聴く傘寿かな

薄氷のつつぱり徐々に緩みたり

はや逃げる如月を追ひ筆運ぶ

春もまた暦が先に来たるらし

復旧の塀の狭間の若芽かな

早春やにきびのごとき庭木の芽

早春や両耳朶の柔らかさ

独り居は簡単レシピの余寒かな

大声で測量続く春の川

山遊び一人の膳の蓬餅

蘖《ひこばえ》と言葉交はして励み合ふ

うれしさが背中に踊るランドセル

茎《くく》立ちて氾濫の川春となる

生垣の砂利に変れど木の芽晴

桜舞ふ公園を行く脚線美

花なれど麻酔の効かぬわが手術

手術後は事入り勿れ花の雨

安静てふ術後の春に事三つ

水害の癒え春座敷墨の虹

花の数珠連山かすむ吉野山

忘れ得ぬ被災の土砂も花万朶

寂光といふも優雅や宵の藤

陵《みささぎ》の浮かぶ頂つつじ燃ゆ

茶畑を捨てて介護の日々送る

隣る葉を一様に剪る茶摘みの機

連れ立ちて砂浴びしきり親雀

老夫婦手塩にかける梅仕事

心得て葉桜の里訪ねけり

燕の子口開けて瞳は空にあり

まつさらの空に一重の薄暑かな

夜は閉ぢて反り返り咲く朴の花

母の日は母になりゐて米寿かな

初夏なれば若き色なり露地燈り

運命を梅雨の周忌に憶ふこと

ことごとく消え去りし日の梅雨禍来る

忘れようにも忘られぬ出水の忌

麦藁帽また買ひ求め水禍の忌

八雲分け被災の川を梅雨の月

秘めやかに悠久に降れ里の梅雨

茶摘み女のラッシュの朝の消えにけり

青嵐窓の下には縮れ川

正座してやまとなでしこ新茶汲む

紫陽花を雨の花とは思はざり

静かなる月夜に蒼き四葩かな

骨の家に骨の吾が棲む水禍の忌

まる一年出水禍友に生きて来し

まほろばと言はれし八女に梅雨出水

炭酸水はじけし喉に夏は来ぬ

伸び放題とは夏草の代名詞

あだし世に競り合ふごとく夏の草

杣の里登ればふいに激《たぎ》り滝

世界遺産水の山てふ涼しさよ

水打てど土の匂ひはなかりけり

復旧の家に猛暑や痩せ枯木

聖職は正座崩さず夏座敷

夏の雨ゲリラ豪雨の世となりぬ

へばりつき窓に餌を獲る守宮かな

真向かひの山幾つ浮く揚花火

大花火パ行五段に活用す

情熱を秘めてふくらむ綿の花

猪のため作りし芋にあらねども

母の亡き娘も母となり野花鉢

夢なれど来世も妻と紅葉狩

奥八女の土産の茶にももみぢの葉

ページ繰る指にも触るる秋の風

取り敢へず同類項別冬支度

冬灯なら静かに見ゆる風の波

善玉菌殖やす術かやや日向ぼこ

古暦記録それぞれありしこと

逝きし人ばかりのテレビ歳の暮

ローカル線往復切符買ひ師走

歳の暮兎と亀にあらねども
手の奥に心がありて賀状書く
一茶忌や喪中ハガキを連れて来る

鐘追うて鐘鳴らしけり除夜の鐘

除夜の鐘撞きに子供等並びしよ

曙光

平成二十六年

妻七回忌

癌で逝きし妻の七年周忌終ふ生まれかはりの孫一年生

内視鏡の嘴腸に銛となり刺股となる麻酔効かずて

な忘れそまほろばの郷八女の春

地球てふトラブルの星明の春

被災地も被災の家も初日影

独り居を楽しむ夜の嫁が君

新妻と見まがふ孫の着衣《きそ》始め

一族の笑顔みな去り残り屠蘇

水仙に力借り受け八十路越ゆ

稜線の明るさを背にある淑気

ふり返ることなき決意初日記

空港に寒の漣深夜便

松過ぎて独り仰げる天の綺羅

盆地なら京都のごとき寒さかな

時事の句の並びて寒し文芸欄

電線の凍てて動かず鳥寡黙

柊も鰯も供へ豆撒きし

ＳＬの春煙次代への鼓動

薄氷の破裂の音や変ロ調

如月や軍歌続けて口《くち》遊《ずさ》む

参道の片側に干す和布かな

助辞一つ推して敲いて春一日

メモ記す勿忘草をもらひし日

霾《よな》ぐもりシルクロードを越えて来し
方丈を廻れば桜まだ散らず
花筏行方定めぬ身の定め

穀雨来て名も知らぬ草競ひ出る

踏青の犬に曳かるるままの人

春はなほテレビに欲しき無聊かな

取り取りに彩を誇れる新樹かな

あな尊《とうと》罹災の窓に新樹光

風孕みまづ深呼吸鯉幟

峡の道奥まるところ若葉屋根

繰り返す若葉化粧や吾は老いぬ

母の日や母御を想ふ句の多き

ゴミ袋運び終へたり若葉風
遠足は浮葉群なす眩しさよ
紫陽花の影を愉しむ鯉の群

307　曙　光

人を恋ふしぐさ巧みな四葩かな

更衣肌をくすぐる風の使者

童謡に教へてもらひ蝸牛

老鶯を追ひたる山に慣れしこと

里帰りできぬ蛍の水禍川

風鈴の鳴ることしきり水禍の忌

風鈴の舌にわが句を吊るしみる

来《き》んしゃいと博多山笠案内状

蟻の塔崩れず続く日和かな

縁涼し妻の遺しし和綴ぢ本

蜘蛛の囲の粗くかかりて旅決むる

十の蟬万の虫の音終へにけり

台風圏汝の身許に優しかれ

木犀の空に似合うて九里香てふ

降水の一年分を秋出水

さりげなく皆既月蝕終へにけり

尋め入れば去来の句碑にちちろ鳴く

寅さんのビデオに浸る夜長かな

本当に熟女は話し好き夜長

朝まだき声《しょう》明《みょう》聞こゆ霧の寺

鍵の音を確かめ霧の一人旅

知らぬ間に芒野風を通しけり
トンネルの口の芒の揺れ確か
さやけきは杣人の家杣の里

秋立ちぬ叙情のことば見つけなむ

赤とんぼ見れば心の憂さも飛ぶ

草の実を踏み太古の音聴いてをり

陽を浴びて夕日を帰る秋茜

長持に母の使ひし菊枕

秋澄みて水害の川まだ澄まず

陽の中の菊人形の火照り顔

三本の矢にノーベル賞秋麗《うらら》

十七歳命懸けたる平和賞

秋天を撥ね胸の澄むティーショット

母偲び栗の実煮てます里の秋

蕉翁が浄土へ霧の金色堂

秋の夜をテレビと語る孤老かな

山峡に空狭けれど秋は佳き

朝刊の届く夜明けや秋深む

落柿を穴熊全て食べ呉れし

選者てふ難行終へし小春かな

断捨離のできぬ衣類や冬箪笥

暖房の付けられぬまま被災の間
術もなし避寒の場所のどこもなく
一瞬の絶景を撮る冬落暉

枯野切る光一条日の沈む

寒昴《すばる》南の空をリードする

心友の続きて逝きぬ虎落笛

檪《かんじき》も行けぬ真つ白てふ世界
地祇隠れ雪に孤立の嫗逝く

回想

平成二十七年

短歌集『無名草花』上梓

亡き妻の七回忌過ぎ水害の三回忌終へ処女歌集生《あ》るる

月となり母にもなれるクラゲなら水の世界にゆるりと生きる

元旦の時を止めたき雲の彩

水害の四年を経たり初詣

孤老には適へりポリの鏡餅

この星の無事御降《おさがり》に乞ひ拝む

帰国して七十年や独り屠蘇

傷心の古老を癒す年賀状

明り窓雪に埋もれ合掌す

蜂蜜を湯煎で溶かし寒の内

利害なき俳縁うれし初句会

存《ながら》へる源なりき初句会

孤老にも成人の日とて人寄りぬ

白蓮の川に櫓のどんど焼き

寒鳥しきりと交はすオノマトペ
めでたさは復旧終へしおらが春
全列島寒九寒苦に春を待つ

石地蔵夜着《よぎ》も纏はず佇ち通し

焼き芋を左右交互に頬張りぬ

畏れつつ天中殺の春上梓

如月や七十年の歌集成る

如月や呪縛の鯉の波起こす

白鷺の石の上なる余寒かな

梅を追ひ梅に疲れて梅に坐す

あな今朝は梅の白さのよそよそし

老梅の皮の宿り木背伸びする

啄木忌独り金婚記念日を

一山のものの芽一期一会かな

わが旧居あとかたもなく草萌ゆる

花菜畑続きローカル線一輛

象岩の子象となりぬ菜種梅雨

雛飾り雛の姉妹のお手伝ひ

桜蕊降らせ水辺のカメラマン

つばくらめ宙返りしてプロポーズ

蓬餅淡き光のままの色

蓬餅許せざること一つ消ゆ

くきやかに緑の中の紅枝垂

手摘み茶に苺ケーキの用意あり

人の波藤の盛衰知らぬまま
藤房に届けと児童ハイジャンプ
逢ふも藤別るるも藤宵なれば

復旧の架橋休日うららけし
ビル街の余花のひともと哀しかり
車道にも現はれ出でし袋角

薫風の無人駅より人出づる

薫風に吹かれればなほ水禍跡

杜若あやめそれぞれ一途なり

棚田より近廻りして河鹿笛

梅雨来たり逢魔が時の一思案

罹災ぐせ梅雨の走りに戦《おのの》けり

水禍耐へ列《つら》なり肥ゆる実梅かな

プランターにのの字いくつも胡瓜髭

芥子の花囁いてをり色ごとに

夏帽子並べて今日を決めかねつ

並木路を久留米絣の夏帽子

夕ざれや梅雨一変のゲリラ雨

どの地にも等しく晴れよ夏の空

海峡を跨ぐガリバー雲の峰

命日に再稼働あり夏嵐

アスパラの初夏が広がる湯気の中
風鈴も梅雨を敬遠身じろがず
雲の峰龍馬の睨む瞳の先に

雲の峰スカイツリーを脚にする

労ひつつつ外す風鈴音寂し

小判草音立ててゐる利口さよ

花鉢に枯れて値打ちの小判草

穴掘れど角を崩さぬ冷奴

七十年忌戦争の語り部は逝く

安楽死遂げて空しき秋彼岸

孤老病み二度の台風逸れて行く

慟哭は見せず孤老の魂送り

原発を原爆にする初嵐

よもすがら好きな瀬音を月渡る

台風が来ると予報士さはやかに

七夕に煌めく星の少なかり

古墳丘見守る句碑に秋の風

秋風に輪廻をたぐる古墳丘

爽涼や磐井の魂を継ぐ館

コンバイン指図してゐる案山子かな

百日紅百日咲きて猿すべる

独り居が五軒連なり敬老日

寡黙なる土の生きゐて稲稔る

月見縁浴衣ゆるめし亡妻懐ふ

野菊とは左千夫の世界モノクロ画

風の手にはにかむ楓紅く染む

木犀の花落つる中封を切る

人同じ紅葉茶室のにじり口

月光の夜《よ》座《ざ》に進みぬ不動僧

ひたすらに燃ゆる紅葉の身となりぬ

天高し台風噴火なき時空

椎茸を松茸にして土瓶蒸し

秋の燈に情線濃きと街占師

眉月の心を縁に聴く心耳

三四郎心それから野分門

漱石忌教へ子と行く草枕

すれちがふ道の駅なる時雨かな

虹彩を誘ひ込んだる時雨かな

双子かや同じ死に顔枯蟷螂

時雨中高圧線の重さかな

マイナンバー届きし日より冬深し

亡妻の寝言にわが名冬日記

あとがき

編隊機・駆逐艦に護衛され吾運ばれ来し対馬海峡
帰国して非国民と日々打たれしはいぢめなりしか小四の秋
蘖と言葉交はして励み合ふ

終戦前に帰郷した内地は、印象も感覚も言葉も、驚くほどに新鮮だった。柿の実をトマトの祖父母と信じきって笑われたほど。

十一年前、私はそれまでの五十五年間（中学時代から母の死まで）の俳句をまとめた句集『雪間の草』を上梓した。その間に、癌を患っていた妻の看護・入退院の繰り返しの中で、病魔と戦いながらの、妻の願望であった旅行をも介添役として実現させた。同時に母の介護も長かったが、春に三回忌を終えた夏、妻は死期を知りつつ母を追うように鬼籍に入った。

二年の間に私は妻の母、実母、そして妻の三人に経帷子《きようかたびら》を着せる世の無常を無情にも知らされた。そして東日本大震災に驚き涙した翌年、妻の七回忌を夏休みにと予定し、加えて六十五年におよぶ私の短歌集（六十五年間、私は短歌・俳句と二足の草鞋を履いたままである）も各位から背中を押され、その上梓のために資料・原稿などを整理し準備万端、いざ執筆という矢先の平成二十四年七月十四日、九州北部豪雨に見舞われた。わが家は骨だけの建物と化し、私自身も骨だけの身となった。

その夜から約三年、私は家の復旧にわが身の再生に、そして処女歌集の生誕に、命も魂も懸け続けた。長い年月におよぶ作のため数も多く約一二〇〇首、最低限必要な文章も入れて約五〇〇ページの自分史・短歌集『無名草花』は、昨年一月誕生した。

戦前、北満に生まれ家を九回、小学校を五回転々とした風の又三郎は、冒頭の歌のように内地へと帰郷した。旧制中学時代に受験雑誌の文芸欄に応募して入賞を続けた私は、貧乏学生のまま全くの自費で大学を卒業した。

厳寒の雪に埋もれ芽の出せない寡黙な草は、短歌・俳句を捨てず命を繫ぎ半世紀を越した。その間、全国首席や入賞の場を踏むことが多くなり、いろいろな会の歌や応援歌などを手掛けたり、町民憲章や校歌を作詞したりして、ほんの少し芽生えることができた。しかし、それへの圧力というか、出る杭は打たれる類の、考えられないほんの一部の攻撃があることも経験したが、春の日差しはあまねく暖かく、草の芽を育ててくれた。

ここで、この句集の題簽についてだが、十一年前の処女句集は『雪間の草』とした。

花をのみ待つらむ人に山里の雪間の草の春を見せばや

私の処世訓の和歌であるこの歌に因った。そして処女歌集も『無名草花』と、草の芽の飾らぬ謙虚な生き方を変わらぬテーマとして題にしている。由って、この句集も雪間の草がやっと芽を出し、踏みつけられ、寒さに耐えて自ら辛く生きる草木、蘖から『ひこばえ』としてみた。

今回は第二句集であり、第一句集で言葉を戴いた「諷詠」名誉主宰の後藤比奈夫先生や現主宰の立夫先生に序や跋をお願いすべきだと考えたが、お二人の体調とお仕事の多忙さに私の拙い句集をさし込む無礼さを痛感し、身勝手をしている。心中お察し戴いて、お許しを切にお願いしたい限りである。と共に、長い期間の御指導、特に水害罹災時の親身も及ばぬお心遣いと御支援に、心から感謝申し上げるものである。

なお、この句集期間の稚拙な私の作に目をかけて下さった先生方に、この紙面をもって感謝申し上げたい（敬称略とさせて戴く）。

後藤比奈夫・後藤立夫・森澄雄・倉田紘文・伊藤通明・福本弘明・篠原樹風・岸原清行・岩岡中正・首藤基澄・須藤徹・有馬朗人・夏井いつき・星野椿・秋尾敏

最後になるが、発刊にあたり種々御配慮・協力いただいた「文學の森」の皆様に、心から深謝申し上げる。

残骸の後片付けに言葉ひとつ掛けてくださる人はみな神

水害罹災の折の腰折れですが、今回の上梓につけても、多くの皆様にありがたいお言葉、激励、お心遣いをいただいたことに対して、この歌の気持で一杯でございます。本当にありがとうございました。

平成二十八年一月

吉泉守峰

著者略歴

吉泉守峰（よしいずみ・しゅほう）　本名　恒德（つねのり）

昭和８年12月　元満州済々哈市豊恒胡同に生まる
　　　　　　　ハルピン、新京、奉天、安東に居住
昭和18年10月　日本へ帰国
昭和21年　福岡県立八女中学校入学
昭和26年　「やまなみ」短歌会、「残紅」「吾亦紅」俳句会入会
昭和31年　福岡学芸大学卒業、中学教師となる
昭和48年　「諷詠」俳句会入会
昭和53年　八女市立黒木西小学校校歌作詞
昭和63年　黒木町町民憲章作成
平成５年　上陽町立北川内中学校を最後に退職
　　　　　黒木町公民館長に就任
平成12年　「諷詠」俳句会同人
平成13年　黒木町公民館長を辞任
平成17年　第一句集『雪間の草』上梓
平成18年　俳人協会会員
平成27年　自分史・短歌集『無名草花』上梓

著　書　短歌・俳句指導法や論文等多数
現　在　「くすの実」「陽泉」「立花」句会選者

現住所　〒834－1203　福岡県八女市黒木町北木屋８－３

句集　ひこばえ

発　行　平成二十八年四月五日
著　者　吉泉守峰
発行者　大山基利
発行所　株式会社　文學の森
〒一六九-〇〇七五
東京都新宿区高田馬場二-一-二　田島ビル八階
tel 03-5292-9188　fax 03-5292-9199
e-mail mori@bungak.com
ホームページ http://www.bungak.com
印刷・製本　竹田　登

ISBN978-4-86438-507-7　C0092